31 Mars 1883

Vente du Samedi 31 Mars 1883

HÔTEL DROUOT, SALLE N° 6

A DEUX HEURES

OBJETS D'ART

ET

D'AMEUBLEMENT

MINIATURE D'ISABEY, LIVRES A FIGURES

De la Succession de M. M....

TABLEAUX, DESSINS

Dessus de porte par F. BOUCHER

FAIENCES PERSANES, OBJETS ORIENTAUX

MINIATURES, BRONZES LOUIS XVI, TAPISSERIES, PORCELAINES. ETC.

De la Collection de M. L....

EXPOSITION PUBLIQUE

Le Vendredi 30 Mars 1883, de une heure à cinq heures.

Mᵉ CAILLEUX

COMMISʳᵉ-PRISEUR

rue Lafayotte, n° 88

M. GEORGE

EXPERT

rue Laffitte, n° 12

PARIS — 1883

Vᵉ RENOU, MAULDE et COCK

IMPRIMEURS DE LA COMPAGNIE DES COMMISSAIRES

Rue de Rivoli, 144.

CATALOGUE

DES

OBJETS D'ART

ET D'AMEUBLEMENT

BELLE PENDULE ET STATUETTES EN BISCUIT

DE L'ÉPOQUE LOUIS XVI

Petit Bureau de même époque, Armoire Louis XIII, Meuble de salon, Gravures
Armes, Curiosités

BEAU PORTRAIT DE J.-L. BARBIER

Par ISABEY

LIVRES ET OUVRAGES A FIGURES

Dessins originaux pour les Monuments historiques de Willemin

Dépendant de la Succession de M. M....

ET DE

TABLEAUX, DESSINS

BEAU DESSUS DE PORTE PAR F. BOUCHER

Tableau en tapisserie des Gobelins

MINIATURES, LIVRES, PORCELAINES

FAIENCES PERSANES. CUIVRES ORIENTAUX

De la Collection de M. L....

DONT LA VENTE AURA LIEU

HOTEL DROUOT, SALLE N° 6

Le Samedi 31 Mars 1883

A DEUX HEURES

Par le ministère de **Me CAILLEUX**, Commissaire-Priseur,
rue Lafayette, 88,

Assisté de **M. GEORGE**, Expert, rue Laffitte, 12.

EXPOSITION PUBLIQUE

Le Vendredi 30 Mars 1883, de une heure à cinq heures.

PARIS — 1883

CONDITIONS DE LA VENTE

Elle sera faite expressément au comptant.

Les Acquéreurs paieront, en sus du prix d'adjudication, CINQ CENTIMES PAR FRANC, applicables aux frais.

L'Exposition mettant le Public à même de se rendre compte de l'état des Objets, aucune réclamation ne sera admise une fois l'adjudication prononcée.

NOTA. — Les Objets de la Succession de M. M.. sont inscrits au présent Catalogue, du nº 1 au nº 47.

Vente après Décès de M. M....

OBJETS D'ART ET D'AMEUBLEMENT

DESSINS, LIVRES, CURIOSITÉS

1 — Grande et belle Pendule en biscuit de l'époque
Louis XVI, à figure allégorique, d'après Hou-
don? *la Renommée écrivant l'Histoire*. L'en-
tourage du cadran, qui marque les jours de la
semaine, les quantièmes, les phases de la lune,
etc., est en bronze très finement ciselé et doré ;
le socle de la pendule est en porcelaine blanche
décorée de plaquettes, représentant des Amours.

2-3 — Biscuit. Deux très jolies Statuettes (Enfants
assis), d'après Clodion? personnifiant *la Poésie*
et *l'Histoire*.

4 — Beau Bureau en bois rose et marqueterie du
temps de Louis XV, de forme élégante et à
cylindre, orné d'un trophée d'instruments de
musique.

5 — Grande Armoire en noyer sculpté à fronton ; les
portes ornées de bas-reliefs, représentant des
sujets bibliques, époque Louis XIII.

6 — Meuble de salon Louis XVI en bois sculpté, peint
en blanc et doré, recouvert en velours rouge :
deux Canapés, deux Bergères, six Fauteuils, six
Chaises, un Tabouret de pied.

7 — Rideaux en velours avec galeries pour deux
fenêtres.

8 — Grand Guéridon ovale sculpté et doré.

9 — Bronze. Statue équestre de Napoléon Ier, par
M. de Nieuwerkerke.

10 — Belle et importante Miniature par **Isabey**, Portrait de Jean-Luc Barbier-Walbonne, artiste-
peintre, élève de David. Ce portrait est connu
sous le titre « Le Fumeur » et a été gravé par
Aubertin.

11 — Miniatures. Portrait de M. et Mme Barbier, par
M. Barbier.

12 — Un Tableau, l'Amour tendant son arc, par Barbier, d'après Le Parmesan.

13 — Léda, par Barbier, d'après Véronèse.

14 — Un Dessin, par Gérard, représentant le premier
consul. Croquis pour le tableau.

15 — Miniature sur vélin, la Nuit de Noël. Provenant
d'un missel du xive siècle.

16 — Lithographie de Mouilleron, l'Incendie du quar-
tier juif.

17 — Une Gravure, d'après Rembrandt.

18 — Une Gravure, Portrait d'Érasme.

19 — Une Gravure, la Mort de Louis XVI.

20 — Choix de costumes civils et militaires des peuples
de l'antiquité, par Willemin. Paris, 1798; 2 vol.
in-fol. Figures.

21 — **Monuments français** inédits pour servir à l'histoire des arts et où sont représentés les costumes
civils et militaires, les meubles, etc., par Wïlle-
min. Paris, 1806; 2 vol. in-fol., dem.-rel. mar.
Planches noires et coloriées.

22 — Un Carton contenant 21 cahiers de Dessins originaux (165 pièces) coloriés et signés, ayant servi
à la publication de l'ouvrage *Les Monuments
historiques*, par Willemin. Dessins signés de :
Langlois, Du Pont de l'Arche, Willemin,
Arnaud, Civeton de Chartres, Lebas de l'Insti-
tut, etc.

23 — Carton contenant :
1° Album de gravures anglaises ;
2° Collection du *Moniteur des Architectes*.
3° Collection de Dessins et Monuments, d'après
l'antique.
4° Gravures, Lithographies, Dessins.
5° Gravures, Portraits de M. Barbier, d'après
Isabey et de Mme Walbonne, d'après
Gérard.

24 — Carton contenant l'Ouvrage artistique des monuments français, exempl. colorié en feuilles, par
Willemin.

25 — Carton contenant les Monuments historiques, en
partie coloriés, en feuilles, avec texte.

26 — Carton contenant cinq Gravures, reproduction de
portraits d'artistes, photographies du siège de
Paris, etc.

27 — Carton : Souvenirs historiques, Journaux, Pro-
clamations, de diverses époques de ce siècle.

28 — Dessins avec dédicaces, par Seure (Soumission de
l'Égypte, etc.).

29 — Dessins, Plans et Descriptions des plus beaux
palais et châteaux de France et de l'Étranger.

30 — Deux Volumes de l'autographe.

31 — Grands Hommes de l'antiquité, par Plutarque,
2 vol.

32 — Poignard à poignée et fourreau en argent
repoussé.

33 — Flissah arabe, poignée en cuivre.

34 — Petit Poignard à poignée, représentant une
femme, fourreau en velours.

35 — Couteau de chasse, poignée en ivoire, nacre et
écaille.

36 — Couteau-Poignard à fourreau de cuir.

37 — Un Revolver.

38 — Pipe turque, tuyau en argent.

39 — Pipe turque ornée de coraux.

40 — Clef trouvée dans le Rhône.

41 — Bague antique en fer, montée sur or et ornée
d'une pierre gravée.

42 — Bracelet à médaillons, représentant les signes du
Zodiaque.

43 — Bonbonnière ancienne en argent.

44 — Pichet en vieux Rouen.

45 — Broc en vieux Japon.

46 — Cartonnier en acajou.

47 — Objets omis.

TABLEAUX, DESSINS

MINIATURES, FAIENCES PERSANES, CURIOSITÉS, LIVRES

De la Collection de M. L....

ALBANE

48 — Baigneuse.

BARROCHE

49 — Vierge et Enfant Jésus.

BOUCHER (François)

50 — Scène d'enfants (la Surprise).

Beau dessus de porte en camaïeu bleu.

GUIDO-RENI

51 — Tête de Madone.

MOINE (Antonin)

52 — Portrait de J.-J. Rousseau.

Cadre sculpté.

NEEFFS (Peeter)

53 — Intérieur d'église.

Signé.

PYNACKER (A.)

54 — Paysage avec ruines.

RICCI ? (Sébastiano)

55 — L'Adoration des bergers.

SALVATOR ROSA

56 — La Tentation de saint Antoine.

UTRECHT (Van)

57 — Perdrix.

VERNET (H.)

58 — Tête de cheval.

ÉCOLE VÉNITIENNE

59 — Jésus et la Femme adultère.

60 — **Simonetti**. Femme italienne (Aquarelle).

61 — **Poussin** (N.). Mars et Vénus (Sépia).

62 — **Pajou**. Dessin à la sanguine pour un dessus de porte de Versailles.

63 — Deux Dessins attribués à **Trinquesse**.

64 — Deux Architectures de **Robert** (Plume et lavis).

65 — Une Aquarelle de **H. Robert**.

66 — **Roslin**. Portrait d'homme.

67 — Deux Gravures (**École française**).

68 — Une Sépia de **Claude Lorrain**.

69 — Divers Dessins, par **Titien**, **Poussin**, **Delarue**, **Panini**, seront vendus sous ce numéro.

70 — Belle Miniature de l'époque Louis XVI, Jeune Fille représentée à mi-jambes et occupée à dessiner.

71 — **Isabey**. Portrait de jeune femme, Aquarelle.

72 — Vue de la Place Saint-Pierre de Rome, Grande aquarelle sur trait imprimé.

73 — Tableau en tapisserie des Gobelins. Tête de Christ, d'après Guido-Reni. Signé Audran.

74 — Deux Plats en cuivre gravé et repoussé. Travail arabe.

75 — Aiguière arabe en cuivre, avec son bassin.

76 — Bassin arabe en bronze gravé or et argent.

77 — Cafetière en cuivre doré repoussé. Travail turc.

78 — Médaillier en marqueterie de bois de citronnier.

79 — Cabinet italien ancien, en bois noir incrusté d'ivoire.

80 — Bouclier en soie et métal damasquiné de l'Hedjaz, pour la chasse de gazelle.

81 — Réchaud ancien en cuivre flamand.

82 — Petite Bouteille en céladon, décorée de quatre Chiens de Fo sur fond jaune nankin; socle en bois.

83 — Bol à couvercle et Plateau en métal niellé. Travail persan.

84 — Une Bouteille, même travail.

85 — Un Narghilé, même travail.

86 — Petite Bouteille en porcelaine de la Chine, à mandarins.

87 — Cornet en faïence italienne (Urbino).

88 — Petit Plat en faïence siculo-arabe, à reflets métalliques.

89 — Deux autres Plats, plus petits, encadrés (Siciliens).

90 — Plat en faïence italienne, décoré en camaïeu, de rinceaux, masques, griffons et dauphins sur fond bleu (Fracturé).

91 — Plat en porcelaine de la Chine, décoré de fleurs.

92 — Plat persan, décoré d'un paon et de branchages sur fond rouge. Très rare.

93 — Plat hispano-arabe, à reflets métalliques, marli à godrons.

94 — Bol, formé d'une fleur de nélumbo, en porcelaine de la Chine. Très ancien, rare.

95 — Bol en porcelaine de Perse, décoré de daims et de fleurs en bleu.

96 — Paire de Chenets en bronze Louis XV.

97 — Cinq Carreaux de dallage en faïence italienne décorée.

98 — Petite Épée de cour, lame triangulaire; poignée et garde en acier.

99 — Deux Voiles en tulle, brodés. Travail sicilien.

100 — Lot de Coupons de soieries et de velours.

101 — Rosace de chaire de mosquée en bois sculpté incrusté d'os. Très ancien travail arabe.

102 — Plaque de revêtement en faïence de la Perse, décorée de rinceaux entrelacés sur fond bleu.

103 — Une autre Plaque, décorée de caractères persans en relief, en bleu sur fond à reflets métalliques.

104 — Un Carreau en faïence persane; décor polychrome sur fond bleu.

105 — Un Carreau hexagonal en faïence persane; décor à fleurs bleues sur fond blanc.

106 — Deux Plaques de revêtements rectangulaires en faïence de la Perse; décor à fleurons en réserve sur fond bleu, reproduits dans les ouvrages de céramique.

107 — Trois Spécimens de Frises persanes.

108 — Flèches sagaies.
Une Masse coloriée de la Mecque.
Une autre Masse en bois de fer (Afrique centrale).

109 — Grande Lampe en porcelaine bleue; monture en bronze.

110 — Histoire des Peintres, par Charles Blanc.

111 — Collection Sauvageot. Gravures par Lièvre; 2 volumes.

112 — Les Châteaux de la Vallée de la Loire, par Victor Petit.

113 — Les Chefs-d'œuvre de l'Art antique. Texte par de Saint-Silvestre; 1 vol.

114 — Le Théâtre du monde, ou Nouvel Atlas contenant les Chartes et Descriptions de tous les pays de la terre; mis en lumière par Guillaume et Jean Blaeu. Amsterdam; 3 vol., planches en couleur.

115 — Lettres à Émilie sur la Mythologie, par Demoustiers, 3 volumes in-18. Paris, 1817. Gravures des deux Moreau.

116 — Deux grands Vases en bronze du Japon, incrustés d'argent.

117 — Jolie Garniture de trois pièces : Brûle-Parfums et deux Cornets en émail cloisonné de la Chine.

118 — Deux grands Flambeaux en bronze du Japon.

119 — Cartel en bronze ciselé et doré, époque Louis XVI.

120 — Deux Appliques à deux lumières, en bronze finement ciselé et doré, époque Louis XVI.

121 — Cassolette en bronze ciselé et doré, époque Louis XVI.

122 — Surtout de table, à cinq allonges, en bronze ciselé et doré. Long. 2^{m}35.

123 — Six Panneaux en tapisserie moderne d'Aubusson, à vases et guirlandes de fleurs, de style Louis XVI.

124 — Quatre Fauteuils en bois doré, recouverts en même tapisserie.

Vᵉ Renou, Maulde et Cock, imprs de la Compagnie des Commissaires-Priseurs, rue de Rivoli, 144.   36628

www.ingramcontent.com/pod-product-compliance
Lightning Source LLC
La Vergne TN
LVHW010846180726
843502LV00009B/3734